纪念中共四大召开 100 周年系列丛书

力量之源

红色100 故事选编

中国共产党第四次全国代表大会纪念馆　编

上海人民出版社　学林出版社

纪念中共四大召开100周年系列丛书编委会名单

主　　任：李　谦

副 主 任：吕　鸣　姜爱峰

执行副主任：吴　强

委　　员：吴　迪　杨文胜　刘玉伟　陆　文　边　频　童　科

　　　　　苏　丽　赵　明　王佩军　徐雪琛　何　瑛　吴毅斌　丁　晓

力量之源　红色100 故事选编

编著：中国共产党第四次全国代表大会纪念馆、中共虹口区委党史办公室

本 书 主 编：徐雪琛

副 主 编：吴毅斌　丁　晓

成　　员：何　瑛　顾良辉　顾圣莹　袁嘉璐　张　雁　沈佳传

前言

　　为深入学习贯彻党的二十大精神及二十届二中、三中全会精神和习近平总书记关于党史工作的重要论述，学习贯彻习近平文化思想和习近平总书记考察上海重要讲话精神，积极响应市委《上海市建设习近平文化思想最佳实践地行动方案》，进一步推进上海"党的诞生地"红色文化传承弘扬工程，迎接2025年中共四大召开100周年，在虹口区委、区政府的支持下，在区委宣传部的指导下，我们特地出版了这套丛书。

　　1925年1月11日至22日，中国共产党第四次全国代表大会在今虹口区东宝兴路254弄28支弄8号处召开，这是中国共产党历史上一次非常重要的大会，推动着中国共产党从一个宣传性的政治小团体发展为真正的群众性政党。中共四大对新民主主义革命理论和纲领、党的群众工作和群众路线以及党的建设方面发挥了重要作用。中共四大第一次明确提出了无产阶级在民主革命中的领导权和工农联盟问题，确立了加强党的领导、扩大党的组织、执行使党群众化的组织路线；大会第一次将支部确立为党的基本组织，是党支部建设的历史起点；大会第一次在党代会召开前正式征求全党的意见；第一次在党代会设立主席团，设立了党的总书记这一职务，由党代会的会议建立党团，要求"设立一有力的中央组织部"。中共四大后，党的地方组织不断建立和发展，甚至在一些边远地区也有党组织的活动；工人、农民成为党员主体，党领导下的工农、青年、妇女等群众组织也获得较快发展；党的阶级基础和群众基础进一步巩固和扩大，为中国共产党从"宣传性的政治小团体"转变发展为"真正的群众性政党"奠定了基础。中共四大为党的早期发展作出重要贡献，影响至深至远，是上海"党的诞生地"的重要组成部分。

蔡和森在《中国共产党的发展及其使命》中写道:"中国共产党第四次大会使党走上领导群众的路上去,且是走上广大的道路……是形成群众党的开始的基础,因此在党的历史上有很大的意义。"

2007年,时任上海市委书记习近平同志在参观位于虹口区多伦路的中共四大史料陈列馆后郑重指出,我们党的前五次代表大会都在国内召开,六大在莫斯科召开,我们一定要把党的历史完整地记载下来,教育下一代,这也包括要把四大纪念馆建设好,史料征集好,要重视党史研究工作。在党中央和上海市委的关心支持下,2012年党的十八大召开前夕,全新的中共四大纪念馆在四川北路绿地正式建成开放,完成了建馆的嘱托。

2021年,为庆祝建党百年,中共四大纪念馆完成展陈提升工程,并打造了上海首个国旗教育展示厅。这里繁花似锦、绿树成荫。在由序厅、场景再现厅、主展厅、副展厅、数字展厅、临展厅等组成,面积逾3700平方米的展陈空间里,丰富的图片、文物、档案、影像和艺术作品,向海内外观众讲述中共四大的故事。数字展厅以及二楼临展厅结合重要节点,举办各类专题展览,常展常新。本次改造以国旗广场改造为契机,打造了中国共产党精神谱系连廊、"虹"色足迹年轮大道等红色教育和"大思政课"教学场景,形成红色文化矩阵。

建馆以来,纪念馆全体干部职工牢记总书记嘱托,深耕历史文脉,创新开展研究、展陈、宣教工作,深入推进"党的诞生地"红色文化传承弘扬,努力讲好中共四大和上海党的诞生地故事,使纪念馆成为千千万万党员干部群众追寻光辉历程、缅怀先辈伟业的红色地标。2017年,中央宣传部正式授牌中共四大纪念馆为上海第13家全国爱国主义教育示范基地。2021年1月,市委宣传部成立中共一、二、四大场馆管理委员会。2023年2月16日,本市在中共一大纪念馆举办中国共产党一大、二大、四大纪念馆国家5A级旅游景区授牌活动。

为了讲好中共四大的故事,我们厚植根基、默默耕耘,以"板凳一坐十年冷"的态度深入开展史料征集和基础研究工作,通过征集史料、查阅档案、课题研究、口述实录、专家研讨等各种方式,全力提升中共四大党史研究工作水平,积极探寻推动中国共产党前进发展的力量之源。

20世纪30年代,中共四大会址毁于日军炮火。20世纪80年代,经查找确认虹口区东宝兴路254弄28支弄8号处为中共四大会址所在地,但会址所处里弄名称却长期无法确定。在2021年中共四大纪念馆布展提升期间,通过专家考证，确认中共四大召开时会址所处里弄名称为"广吉里"。

2022年，中共四大纪念馆内唯一没有照片的最年轻的中共四大代表——阮章首露真容。中共虹口区委党史办公室和中共四大纪念馆历时十年，跨域协作，在北京、中山、唐山、锦州、秦皇岛、北票以及南开中学等外省市党史部门、相关单位、高校和上海市公安局刑侦总队物证中心的支持下，最终查实阮章中共四大代表身份，并依托现代刑事科学技术最终确认阮章照片，过程十分艰辛。这项工作的突破性，在上海是突出的，在全国也很有影响力。

此次出版的丛书，分别将中共四大近年来推出的几个原创展览、红色小故事及视频和相关论文分别结集成册。

开馆以来，在虹口区委领导和上海市委党史研究室的指导下，中共四大纪念馆联合虹口区委宣传部、虹口区文旅局、中共虹口区委党史办公室、虹口区档案局立足党史研究工作，积极推动研究成果的转化。一方面，用最新的理论研究成果来解读和阐释基本展陈，使纪念馆常办常新；另一方面，从研究成果中"孵化"和"衍生"出不少有看头的专题展，为纪念馆围绕重大主题开展形式多样的宣传教育提供了丰富的载体。

由于中共四大和中国共产党第四届中央领导机构在党的组织建设、群众路线、宣传工作和纪律建设方面都有着突出的贡献，近年来，纪念馆相继策划了多个原创专题展览，探究和追溯中国共产党创建和大革命时期制度和思想的源头，并将中共四大的主要成就放入中国共产党建党百年来的历史视野中，梳理中国共产党的优秀经验形成和发展的历史脉络，为当下中国共产党的各项建设举措提供经验借鉴。

《力量之源·中共四大纪念馆展陈精选》由中共四大纪念馆近年来的原创展览图录汇编而成，其中包括"抓铁有痕铸党魂——中国共产党早期纪律建设图片史料展精选""固本强基筑堡垒——中国共产党早期支部建设图片史料展精选""根基血脉 力量之源——党的群众路线百年历程图片史料展精选""举旗定向 凝心聚力——宣传文化工作图片史料展"，突出了中共四大在党史上的主要成就和历史贡献，向四大百年献礼。

2020年起，为服务党史、新中国史、改革开放史、社会主义发展史"四史"学习教育，搭建红色场馆与公众交流、互动的平台，让更多观众感受红色文化、海派文化的魅力，中共四大纪念馆首创用沪语讲述100个红色小故事，入驻哔哩哔哩、抖音短视频等时下热门网络平台，推出"力量之源·红色

100"专栏。通过微剧情+小故事+短视频等多样化的传播手段，做好红色文化和海派文化的坚定传承者、生动诠释者和精彩讲述者。《力量之源·红色100故事选编》通过图文并茂的形式，在书中附上二维码，读者扫码即可观看上述小视频，在促进上海红色故事的社会化传播的同时，也让沪语在新时代传递核心价值观、打响上海文化品牌等方面发挥新的作用。

为迎接中共四大召开百年，进一步加深对中共四大历史价值的认识，推进中共四大研究，中共虹口区委党史研究室牵头，中共四大纪念馆、中共虹口区委党校等单位组织搜集、整理了改革开放以来，尤其是近年来有关中共四大的研究论文和报道，积极编撰了中共中央党史与文献研究院部署、中央党史出版社出版的《中国共产党历次代表大会史丛书（第一辑）》之《中共四大史》，在此基础上又根据收集到的资料编撰《力量之源·中共四大研究文选》，从无产阶级领导权、党的组织建设、人物研究、史料考证等诸多方面加以分类整理，以求对迄今为止的中共四大研究做全方位、多角度、基础性的回顾，对今后开展中共四大研究宣传、做好基础资料工作具有参考价值。

往昔已展千重锦，明朝更进百尺竿。新时代新征程，我们要深入学习贯彻党的二十大精神和习近平总书记关于党史工作的重要论述，学习贯彻习近平文化思想，把红色阵地守护好，把红色资源利用好，把红色基因传承好。上海是党的诞生地、初心始发地、伟大建党精神孕育地。我们要凝聚起团结奋斗的强大力量，积极推进"党的诞生地"红色文化传承弘扬工程，打响红色文化品牌，打造文化自信自强的上海样本，建设习近平文化思想最佳实践地，开创国际文化大都市建设新局面，为加快建设具有世界影响力的社会主义现代化国际大都市提供坚强思想保证、强大精神力量、有利文化条件。

编者

2024年12月

目录

力量之源

目

录

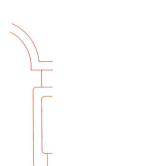

第 一 辑

力墨之源

一

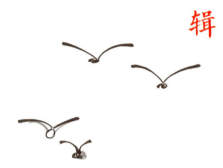

外白渡橋

外白渡桥（虹口区委宣传部 提供）

第 一 辑　　　　会 址

少量之源

红色 100 故事选编

　　1925年1月11日到22日，中共四大在今上海虹口区的东宝兴路254弄28支弄8号处召开。会址的东面靠近四川北路，西面靠近淞沪铁路，也就是现在的轻轨三号线。此处交通便捷，靠近租界，一旦有紧急情况方便与会代表们及时疏散。但可惜的是，中共四大的原建筑已经在1930年代损毁。直到1984年5月，中共四大会址才被考证，成为上海的又一座红色地标。

中共四大会址模型

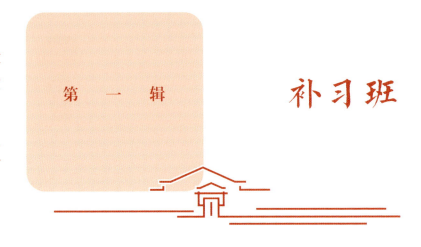

　　一张大桌子，几本英文书，一块小黑板，几排大大小小的椅子，出于安全考虑，中共四大的会场被布置成了一个英文补习班，开会的过程中，一旦发生紧急情况，代表们就会马上收起讨论的文件，拿起英文书开始上课。另外，因为条件艰苦，会场中的部分用具是问隔壁邻居借用的。正是在这样周密的安排下，12天的会议才可以顺利召开。

中共四大纪念馆内的补习班实景模型

第 一 辑　　工农联盟

力量之源

　　中共四大纪念馆展厅序厅里有一座雕塑叫做"工农联盟"，代表了工人、农民、军人、学生、知识分子在中国共产党的领导下，成为革命群众运动的重要力量。1925年，中共四大第一次提出了工农联盟的问题，指出农民是工人阶级的天然

红色 100 故事选编

16

同盟军。中共四大召开以后，全国反帝反封建的工农运动迅猛发展，党的队伍迅速扩大，为即将到来的大革命高潮奠定了广泛的群众基础。

中共四大纪念馆文创《工农联盟》

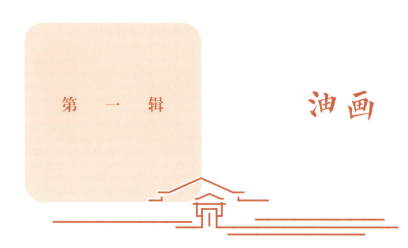

第 一 辑　　　　油画

丹青之源

红色100故事选编

这幅油画叫作《第一次国共合作》，画中描绘了当时中国共产党与中国国民党的重要人物。共产党人有李大钊、陈独秀、毛泽东、瞿秋白等人。国民党人有孙中山、于右任、廖仲恺等人，还包括共产国际代表鲍罗廷。人物身后的背景是国民党一大会址：广东高等师范学堂。第一次国共合作，极大地推动了国民革命运动的发展，也成了中共四大召开的重要历史背景。

油画《第一次国共合作》（邱瑞敏、李根　绘）

考证中共四大会址的关键人物，就是1925年时任中共中央宣传部秘书的郑超麟。在大会召开的过程中，他除了担任会议记录员，还负责带领外地代表们进出会场。因此，郑先生对中共四大会址的方位和路线的印象非常深刻。1984年5月7日，在川公路与东宝兴路中间的一段铁路旁，郑超麟指认铁路东边的新工房就是中共四大会址遗址。所以，在如今的中共四大纪念馆中就有了这张珍贵的照片。

四大亲历者郑超麟寻访当年会址

通 知

  在中共四大纪念馆内，收藏了一份中共四大的会议通知。这份通知文字简洁，篇幅不长，但内容不少，涉及通知下发范围、代表名额、大会时间等内容。通知的落款"钟英"是中共中央的代名，由毛泽东亲笔签署。根据党史专家查证，目前尚未见到中共一大、二大、三大相关的原始文件，因此，这份会议通知可能是现存最早的中共全国代表大会会议通知，也成为中共四大馆藏中的一件珍品。

中共四大纪念馆内收藏的中共四大会议通知

上海大学

"武有黄埔，文有上大。"在中国近代史上，这所与黄埔军校齐名的"上大"，就是1922年10月23日在上海创办的、有着光荣革命传统的上海大学。校长是国民党元老于右任，还有瞿秋白、蔡和森等一大批中国共产党人在学校任教。上海大学为宣传马克思主义理论、培养革命干部、发展国民革命运动做出了重要贡献。

上海大学青云路师寿坊校址旧景

代表

参加中共四大的正式代表共有20人，代表全国各地党员994人。代表中有14人具有表决权，并选举了14名中央执行委员和候补委员。在这20名代表中，除了46岁党的总书记陈独秀，其他代表大多出生在19世纪80年代、90年代，有的还跨越了20世纪，可谓是一百年前的"80后""90后""00后"。除了20名党代表之外，参加大会的还有共产国际代表维经斯基。

中共四大纪念馆所藏《南开第十三次毕业班同学录》阮章照片之铜制底片一枚、《南开第十三次毕业班同学录》所用阮章照片一张（翻拍）、阮章参加中国共产党第四次代表大会时所穿毛绒大衣展品（仿制件）一件

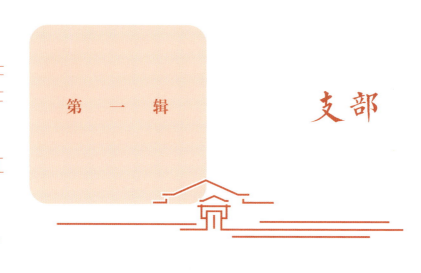

第 一 辑　　　支部

少童之源

红色 100 故事选编

中国共产党支部建设的历史起点就是1925年1月在上海召开的中共四大。

中共四大第一次将支部确定为党的基本组织，规定"凡有党员三人以上均得成立一支部"，初步奠定了党的支部制度基础，为革命形势的进一步高涨，做了重要的组织准备。在之后的大革命高潮中，中国共产党自身组织迅猛发展，成功实现了从宣传性的政治小团体到群众性政党的伟大跨越。

中共四大关于党支部的相关规定

三人成支部

各农村各工厂各铁路各矿山各兵营各学校等机关及其附近，凡有党员三人以上均得成立一支部。

设置原则

我们党的基本组织，应是以产业和机关为单位的支部组织，不能以机关为单位组织支部时，则可以地域为标准。

职责任务

支部的工作，不能仅限于教育党员，吸收党员，并且在无党的群众中去煽动和宣传，帮助他们组织俱乐部、劳动学校、互助会。

 领导方式

每支部公推书记一人或推三人组织干事会，隶属地方执行委员会。

 组织生活

各支部每星期至少须开会一次，由支部书记召集之。但已分成小组之支部，其小组每星期至少须开会一次，由小组组长召集之;支部全体会议，至少每月举行一次。

第 一 辑　　　口袋书

　　中共四大纪念馆里有一本巴掌大的小册子，也就是大家通常所说的"口袋书"。这本"口袋书"的封面是竖排版，上面写着"中国共产党第四次全国大会决议案及宣言"。中共四大一共通过了14份文件，其中包括11份决议案、2份宣言和1份党章修正案，都记录在这本小小的"口袋书"里。中共四大是中国共产党成立以来，历次全国代表大会通过文件数量较多的一次大会。

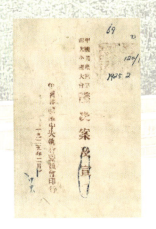

"口袋书"封面

26

打地铺

根据中共四大代表的回忆，1925年1月，中共四大召开时，天气十分寒冷，且条件非常艰苦。除了部分会场用品是向邻居借用之外，会场三楼有一间空荡荡的阁楼，那里就是部分外地代表的宿舍。因为条件有限，所以代表们只能打地铺睡觉，被子长度不够，只好用毛围巾扎在被子末端，双脚才不会着凉。

中共四大纪念馆内代表们在三层阁楼的宿舍场景还原

第 一 辑　　　外 国 人

物 董 之 源

参加中共四大的除了20名正式代表之外，还有一位共产国际代表维经斯基，也是会上唯一的一位外国人。他在中国工作期间，常用吴廷康作为化名。1920年，经共产国际批准，他第一次来到中国，先后在北京、上海帮助李大钊、陈独秀等人创立中国共产党，出版共产党刊物。此后，他还参加了中共四大和中共五大，在中国共产党的历史上具有重要的地位。

维经斯基

一封信

在1924年9月7日，中共四大召开之前，中共中央委员会委员长陈独秀曾写了一封信给共产国际代表维经斯基，信中说："我们党的全国代表大会将提前举行。我们期望经过不长时间能从您那里得到一千多元钱来支付会议开支……最好，您能再来一次。"之后，维经斯基到上海，带来中共中央迫切需要的会议经费，推动中共四大顺利召开。

石库门

中共四大的会址是一幢靠近淞沪铁路的三层楼石库门房子，房子的北面还有一座印度锡克教堂。当时这座房子是委托中央宣传部的张伯简同志租来的，房子方位的要求是不能在租界，又不能离租界太远，以便一旦遇到紧急情况，就可以及时往租界疏散。中共四大闭幕后，这所房子仍被保留下来，作为中共中央工农部工作人员的宿舍。

中共四大纪念馆展陈中的石库门造景

山阴路

　　说起上海的历史，尤其是文化发展史，总绕不开一条山阴路。山阴路原名施高塔路（Scott Road），是上海公共租界工部局于1911年修筑的一条南面靠近四川北路、北面靠近祥德路的马路。这条长度不到七百米的小马路，既是鲁迅、瞿秋白、茅盾等一大批文化名人的聚集地，也是20世纪二三十年代中国共产党在沪活动的重要地区，中共江苏省委旧址、中共上海区委（江浙区委）机关旧址等红色地标都在这里。

山阴路

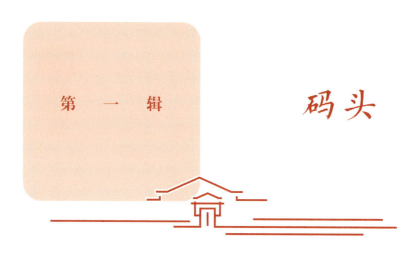

码头

北外滩曾是重要的航运码头集聚地。当年，这里聚集了杨树浦码头、汇山码头、三菱码头等8个码头。1919年3月，为了送湖南同乡赴法勤工俭学，青年毛泽东第一次来到上海。在上海期间，他曾在虹口汇山码头和杨树浦码头欢送赴法留学生。

北外滩的老码头

第 一 辑　　商务印书馆

　　作为中国历史最悠久的专业出版机构之一，商务印书馆在中国革命过程中不仅集聚了大批优秀的知识分子和编辑人才，还培养了众多革命进步人士。1925年一月至1927年九十月间，陈云在商务印书馆虹口分店（现虹口区四川北路856号）当店员，从此开启了他职业革命家的生涯。他在那里接受了先进思想文化的熏陶，接触到众多进步人士，加入中国共产党，参与并领导工人运动，成为工人阶级的优秀代表。

商务印书馆虹口分店

红色 100 故事选编

功业之源

黄埔军校

　　第一次国共合作期间，为了加强革命武装，培养军事干部力量，在苏联和中国共产党的帮助下，1924年5月，孙中山在广州长洲岛创办了黄埔军校。该校是中国近代史上第一所培养革命军队干部的军事学校，中国共产党选派了一大批党员、团员到军校学习，培养了许多军事政治人才，其中就有徐向前、陈赓、左权等人。

商务印书馆　黄埔军校

陆军军官学校（黄埔军校）旧址

塘沽路

力量之源

红色100故事选编

　　1947年3月，中共中央社会部情报工作负责人吴克坚布置叶人龙建立一个秘密电台。叶人龙在虹口警察分局附近的塘沽路62号增设一部秘密电台。为了确保电台的安全，叶人龙把安装电台的地方布置成一间汽车修理运输行，楼上亭子间里就是秘密电台，房间里还安装了一个柜子，一旦发生意外，随时可将电台隐藏。正是在这样周密的安排下，这个秘密电台才得以安全运行到上海解放。

叶人龙、陈秀娟夫妇

第 一 辑　　群众

中共四大在党的历史上第一次明确提出了工农联盟问题，大会强调，中国革命需要"工人农民及城市中小资产阶级普遍的参加"，制定了党领导工人、农民、青年和妇女等运动的方针和政策。

中共四大召开后，中国共产党领导下的工人、农民、青年、妇女等群众组织得到迅猛发展，党的阶级基础和群众基础进一步扩大，使中国共产党走上领导群众的广阔道路。

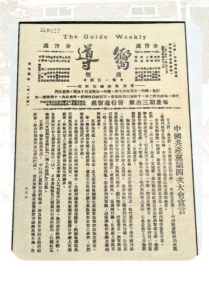

1925 年 1 月 28 日《向导》第 100 期关于中共四大的报道

共青团

　　中国共产主义青年团，是中国共产党领导的先进青年的组织。1920年8月22日，俞秀松等8位青年受中国共产党的委托，在新渔阳里6号创建了中国第一个青年团组织——上海社会主义青年团。1921年3月，又在这里成立青年团临时中央。1922年5月，中国社会主义青年团第一次全国代表大会在广州东园开幕。1925年1月26日，中共四大闭幕后的第四天，中国社会主义青年团第三次全国代表大会在上海召开，在这次会议上，"中国社会主义青年团"更名为"中国共产主义青年团"。在此之前，中共四大通过的《对于青年运动之议决案》为此次会议动员全团准备迎接中国革命的新高潮，做了重要的思想理论准备。

俞秀松

第
二
辑

第 二 辑　　　　　中西功

功勋之源

　　中西功是个日本人，曾经是潘汉年情报系统的情报人员。1941年，毛泽东要求情报战线更加注重战略情报，潘汉年把这个任务交给了中西功。经过努力，中西功准确地预判了太平洋战争爆发的时间。柳云龙导演的电影《东风雨》中讲到中西功的故事，陈宝国主演的电视剧《智者无敌》主人公的原型也是中西功。

中西功旧居（虹口区委宣传部　提供）

第 二 辑　　　左翼三角

　　1933年，上海山阴路上，住过三位左翼文化运动的重量级人物：鲁迅、瞿秋白、茅盾。他们居住的位置正好构成了一个几何三角形，所以我们就称之为"左翼三角"。这段时间，

鲁迅、茅盾在《申报·自由谈》上发表了大量杂文；瞿秋白写了《〈鲁迅杂感选集〉序言》，用马克思主义观点评价鲁迅及其作品。他们三位为左翼文化运动做出了重要贡献。

鲁迅、瞿秋白、茅盾

第 二 辑　　　　茅盾

少年之源

一

　　茅盾是名小说家，原名沈德鸿，字雁冰。茅盾小说创作的起步就是在上海虹口景云里。1927年大革命失败后，茅盾从武汉回到上海，他的夫人对外宣称茅盾到日本去了，实际上隐藏在景云里自己家里。一下子从繁忙的工作中闲了下来，茅盾动笔写起了小说，写到一半拿给他的邻居叶圣陶看。叶圣陶当时正在主编《小说月报》，一眼看中了茅盾的小说，当即就要拿去发表。茅盾说自己还没写完，叶圣陶表示没关系，后半部分放在下一期发表。就这样，作为一名小说家的茅盾在景云里诞生了。

茅盾（虹口区委宣传部　提供）

第 二 辑

鲁迅

　　鲁迅1927年10月来到上海，一直生活在虹口。先是住在横浜路的景云里，后来搬到北四川路的拉摩斯公寓，最后住在施高塔路的大陆新村。鲁迅的儿子周海婴就出生在虹口的福民医院。鲁迅在上海创作了大量杂文，进行文化反"围剿"的斗争。鲁迅的杂文得到毛泽东的高度评价。鲁迅还是当年的大明星，许多文艺青年比如萧红、萧军都是他的粉丝。

鲁迅故居（今虹口区山阴路 132 弄 9 号）

第 二 辑　　　景云里

为 书 之 海

一

　　景云里是上海横浜路上的一条拥有32幢石库门住宅的弄堂。1927年10月，鲁迅到上海后的第一处住宅就选在了景云里。先是住在23号，后来搬到18号，再后来又搬到17号，一共住了两年零七个月。许广平写过一篇文章《景云深处是吾家》，这个"景云"指的就是景云里。2016年，上海举办过一次"上海十大乡土文化符号"评选，前5位分别是黄浦江、沪剧、石库门、鲁迅、南京路。其中两个符号集中在一条弄堂的，只有景云里。

景云里（虹口区委宣传部　提供）

第 二 辑　　永安里

　　1927年11月，周恩来来到上海，担任党中央重要领导工作。当时中央领导人住的地方都是由中央特科安排的。但到了1931年4月，出了件大事。特科负责人之一的顾顺章叛变，特科安排的地址就不安全了。永安里44号，住的是周恩来的亲戚。他的二伯父祖孙三代（二伯父、二伯母的儿子即周恩霔、二伯母的孙子即周尔鎏）住在这儿，因此这个地址只有周恩来知道，顾顺章是不知道的。周恩来在紧急处理了顾顺章事件之后，就在永安里安全地隐蔽了一段时间。

周恩来同志在沪早期革命活动旧址

中共江苏省委

　　1927年6月,根据修改后的党章规定,中共江苏省委成立,陈延年担任省委书记。6月26日下午,陈延年在山阴路恒丰里省委机关被捕,6月底牺牲。因为中共江苏省委非常重要,所以中共中央迅速任命赵世炎担任省委代理书记。7月2日,赵世炎在多伦路自己家中被捕,7月19日牺牲。中共江苏省委的两任书记,被捕只隔了6天,牺牲只隔了20来天。1985年中共江苏省委旧址成为上海市文物保护单位。

1927 年中共江苏省委旧址

李白电台

　　李白1930年参加红军，成为通信连战士。1937年来到上海，从事秘密电台工作，在上海和延安之间架起了一座"空中桥梁"，通过红色电波，一道道中央的指示传到上海，一份份珍贵的情报飞往延安。不幸的是，1948年12月30日凌晨，李白再次被捕。遭受种种肉体折磨，却仍坚贞不屈，最后牺牲在上海解放的前夕。正是李白等无数革命先烈的牺牲，才换来了中国革命的胜利。

李白烈士故居

少 年 之 源

红色 100 故事选编

二十世纪初，黄浦江汇山码头外，有一个7号浮筒。1919年3月17号上午，一艘日本邮轮从这儿出发开往欧洲，船上有89名青年学生到法国勤工俭学。从这一天开始，一直到1920年12月15号，总共有1600多名青年学生从黄浦江出发，到法国勤工俭学。其中一批先进分子，如周恩来、邓小平、蔡和森、赵世炎、陈延年等，成长为中国共产党的优秀领导干部。

汇山码头

第 二 辑 　 修车行

少量之源

红色 100 故事选编

解放战争时期，中共地下党员叶人龙在上海塘沽路62号开了家汽车修理行，表面上是为客户修理汽车，实际上是中国共产党的一部秘密电台。电台报务员叫邓国军，属于吴克坚情报系统。吴克坚情报系统在上海一共有4部秘密电台，发出了将近一千份情报，得到周恩来的高度赞扬。

修车行里的秘密电台(虹口区委宣传部　提供)

第 二 辑　　　　　左联

中国左翼作家联盟(简称"左联")是中国共产党领导的、以鲁迅为旗手的革命文学团体。1930年3月，中国左翼作家联盟成立大会在上海窦乐安路233号中华艺术大学，也就是现在虹口区多伦路201弄2号举行。"左联"在继承五四新文化运动、介绍与传播马克思主义文艺理论、培育进步文艺队伍、创作反映时代精神的文艺作品等方面，取得了辉煌成就，在中国现代文学史、革命史上谱写了光辉的篇章。

中国左翼作家联盟成立大会会址纪念馆

多伦路

　　如今的多伦路，原来叫窦乐安路，是一位英国传教士的名字。该路与繁忙的四川北路相通，靠近鲁迅公园，全长500多米，呈L形。一个多世纪以来，从开埠时期的沙船渔村，到20世纪30年代的十里洋场，直至形成今日的现代化大都市，上海走过了沧桑历程。多伦路及其周边地区，从一个侧面集中地展示了这个历程印迹和文化缩影，从鲁迅、茅盾、郭沫若等"左联"作家到景云里、中华艺术大学、上海艺术剧社等名人故居、历史遗迹，多伦路上因之积淀了浓厚的文化气息，使人流连忘返。真可谓"一条多伦路，百年上海滩"。

多伦路

丹青之源

沈尹默是当代著名学者、书法家、诗人,中国新诗体裁的倡导者。早年两度游学日本,归国后先后执教于北京大学、北京女子师范大学,与陈独秀、李大钊、鲁迅、胡适等同办《新青年》,是五四新文化运动的先驱者,被海内外公认为一代书法宗师。1946年,沈尹默从重庆回沪,居住在库伦路(今海伦路)504号。在虹口生活的二十多年里,他举办青年宫书法学习班,参与筹建上海中国画院,倡议成立上海市中国书法篆刻研究会,在书法创作、书法理论、书法教育、人才培养等方面做出重要贡献。

沈尹默(虹口区委宣传部 提供)

第 二 辑　鲁 迅 公 园

　　鲁迅公园，原名虹口公园，园址是今虹口区四川北路2288号。是上海主要历史文化纪念性公园和中国第一个体育公园。园内有全国重点文物保护单位——鲁迅墓和具有江南民居风格的鲁迅纪念馆，还有韩国义士尹奉吉义举纪念地梅亭、梅园。有山有水有瀑布，山水之间，堤桥相连，景色优美。公园南部，保留了原来英国式自然风景。鲁迅公园还是上海最早用沙滤水饮水器的地方。

鲁迅公园

麦伦中学

麦伦中学（今上海继光高级中学）由英国伦敦会于1890年创办，名为英华书院，1898年迁入现址高阳路590号，1928年起更名为私立麦伦中学。1931年，由爱国教育家沈体兰任校长后，提出"科学、民主、进步"的办学指导思想，在中国共产党的影响下，麦伦中学成为进步学校。抗战期间，麦伦中学的一些毕业生先后投奔抗日革命根据地。上海解放前夕，这里成为提篮桥地区中共地下党的战斗指挥部，在党的领导下，麦伦中学成为中共沪东区委的一支重要战斗力量，配合人民解放军保护了学校、工厂。

麦伦中学（今继光高级中学）内的沈体兰雕像

第 二 辑　礼查饭店

少年之源

红色100故事选编

位于上海苏州河口外白渡桥旁的礼查饭店，是19世纪和20世纪上半叶，上海的主要外资旅馆之一，这里也是周恩来当年在上海战斗生活过的地方。1927年，四一二反革命政变期间，周恩来和邓颖超曾隐蔽在礼查饭店311室。1959年后，饭店改名为浦江饭店。在19世纪后期，礼查饭店是中国最早接受现代事物的场所：1867年，该店在上海最早使用煤气；1882年，中国首批电灯在此安装；1883年，这里成为全上海最早使用自来水的地方；1897年，中国第一场电影在这里放映。

礼查饭店（今浦江饭店）

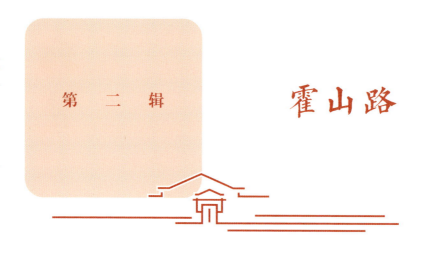

第 二 辑　　霍山路

　　远东反战大会旧址位于今虹口区霍山路85号。1933年9月30日，远东反战大会在此秘密召开。参加大会有国际和国内代表60多人，宋庆龄主持召开了大会，并在会上作了《中国的自由与反战斗争》的报告。毛泽东、朱德和鲁迅等被选为大会名誉主席，并成立了反对帝国主义战争委员会中国分会，宋庆龄任中国分会主席。这次大会使中国的进步力量与世界反战力量紧密联系，中国的抗日战争汇入国际反法西斯斗争中去。

远东反战大会旧址

第 二 辑　　　　八字桥

少年之源

红色 100 故事选编

一

位于虹口区东西走向的八字桥，一头是水电路，另一头连着柳营路，桥下就是俞泾浦。20世纪30年代，日本在上海军事力量的大本营在虹口，八字桥是虹口通向闸北一个非常重要的通道。1932年一·二八淞沪抗战，日军多次打算通过八字桥攻击上海北站，战斗最激烈的一天，八字桥三次失守，又三次夺回！5年后的8月13号，日军再次进犯八字桥，八一三淞沪会战打响第一枪。两次淞沪抗战中，八字桥成为中国军民奋力反抗日本侵略者的标志地点。

八字桥上的战斗（虹口区委宣传部　提供）

邮政大楼

一

1949年5月25号的凌晨，中国人民解放军发起了解放苏州河以北地区的战斗，四川路桥成了国民党守军的一个防御据点。为了将上海完好保存，中共中央命令解放军进攻时只能用轻武器，这成了人民解放军面临的一大难题。经过多方努力，国民党守军最后向解放军投降，邮政大楼也完整地交回人民手中。如此大规模的战役，大楼内没有丢失一封邮件、损失一件设备、遗失一份档案，这可谓是战争中的一个奇迹。如今，上海邮政大楼是中国目前仍在使用的规模最大、建设最早的邮政标志性建筑。大楼内还设有国内首家邮政博物馆——上海邮政博物馆。

上海邮政博物馆（虹口区委宣传部提供）

第 二 辑　　　　　友情

20世纪30年代，虹口施高塔路（今山阴路）133弄东照里，曾见证了两位文学家、革命家之间伟大的友谊。1933年3月初，在白色恐怖年代，鲁迅为瞿秋白夫妇在东照里12号找了一间房间，使瞿秋白可以安心避难、养病。一个月后，鲁迅也迁居到施高塔路132弄，两家仅相隔一条马路。他们在这里畅谈文学，共同领导左翼文化运动。鲁迅曾写下一副对联赠给挚友瞿秋白："人生得一知己足矣，斯世当以同怀视之。"

鲁迅与瞿秋白（虹口区委宣传部　提供）

第

三

辑

为童之海

中共四大纪念馆国旗广场（虹口区委宣传部　提供）

广 吉 里

力 量 之 源

红 色 100 故 事 选 编

走进全新的中共四大纪念馆展厅，一个老上海石库门建筑模型颇为醒目。模型上方的投影中，播放着一部名为《寻找广吉里》的短片。

大家知道，新民主主义革命时期，党的七次全国代表大会中，有三次是在上海石库门里召开的。中共一大会址里弄名为树德里，中共二大会址里弄名为辅德里。然而，由于中共四大会址在20世纪30年代被毁，此后很长的一段时间里，会议确切的召开地点，一直是个谜团。新中国成立后，会址考证工作提上日程，经过反复研究，直到1987年才确认会址所在地。近几年来，在市、区有关部门和单位的指导帮助下，通过查找档案

史料、开展考证研究,最终使"广吉里"这一具有重要历史意义的里弄名得以确认,并在中共四大纪念馆重新开馆之际正式发布。

中共四大纪念馆内的会址及其周边复原沙盘

第 三 辑　　　　弄堂

黄包车、弹硌路、青砖墙、火车声，改陈提升后的中共四大纪念馆大量运用上海的石库门元素贯穿整个展线，尤其是大会从筹备到召开的过程。走进中共四大纪念馆基本陈列展的第二部分时，观众仿佛穿越到1925年中共四大召开的那段历史，感受20世纪二三十年代老上海弄堂的生活气息。通过体验沉浸式观展，让观众带着问题去看展览，带着思考去看展览，更加直观地了解中共四大的召开背景、主要成就、历史贡献以及上海党的诞生地的城市风貌。纪念馆重新开放至今，这里也成了大家开展党史学习教育、打卡留影的优选场所。

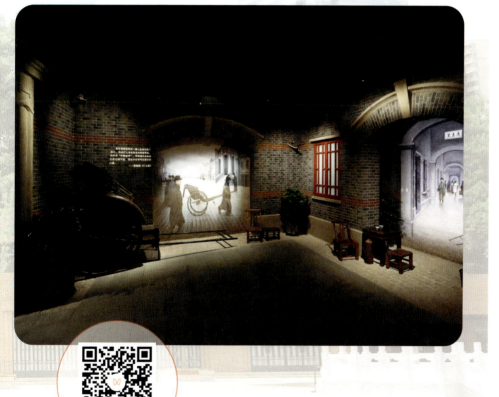

中共四大纪念馆基本陈列中的石库门元素

第 三 辑　　　　石刻画

　　参加中共四大的代表有陈独秀、蔡和森、瞿秋白等20位正式代表，1位共产国际代表维经斯基。在全新的中共四大代表展示厅中，中共四大代表们的肖像照运用了石刻画点雕技术。这种工艺是采用天然纯色石材，经水磨抛光后，请雕刻师用代表们老照片为基础，将人物轮廓描绘出来。同时，对原本并不清晰的图像进行修复、补充，根据黑白明暗成像原理，将代表们的神情样貌刻画得极为逼真。同时，该工艺也克服了相片展板年久会发黄褪色的缺点，可永久保存，供后辈敬仰。

中共四大纪念馆内的石刻画

力量之源

红色 100 故事选编

中共四大纪念馆议决案展厅中有一件艺术品十分醒目，它是由国画大师张培楚为纪念馆创作的国画作品——《表决》。中共四大的代表中有14人是具有表决权的，为期12天的大会，他们表决通过了14份会议文件，选举产生了14位中央执行委员和候补委员。通过这幅作品我们可以看到中共四大代表们对大会文件及新一届中央领导机构进行庄严神圣的举手表决场景。这次大会对中国革命的一些基本问题进行了比较系统的探讨，在党的历史上第一次明确提出无产阶级在民主革命中的领导权和工农联盟问题；同时，新一届中央领导机构通过代表们的表决产生，成为全党和全国革命的领导核心。

油画《表决》(张培楚　绘)

少年之家

这份文件是中国共产党第四届中央执行委员会《通告第一号》。《通告》向全党通报了中共四大的选举结果以及中央委员的分工情况。1925年1月22日，中共四大顺利闭幕。紧接着，新选举产生的中共中央执行委员会召开了第一次会议，讨论决定了新一届中央的分工，其中陈独秀任中央总书记兼中央组织部主任，彭述之任中央宣传部主任，张国焘任中央工农部主任，蔡和森、瞿秋白任中央宣传部委员。值得一提的是，中央组织部和中央宣传部都是从中共四大开始正式设立的。

《通告第一号》

数字化

改陈提升后的中共四大纪念馆，在满足观众传统图文式参观体验的基础上，进一步融入多媒体互动技术，实现"数字化"智慧场馆，如AR增强现实技术、多媒体投影动态展示、图像识别、一键切换等技术。通过运用AR技术，观众可以通过手机扫码的方式查阅隐藏的展览内容，了解展品和文物背后的故事。新增设的电子浏览厅能够极大地满足观众个性化、菜单式的观展需求，只要动动手指，一键切换，感应翻页，就可以看到不同主题的精品展览，是不是既环保又方便呢？

中共四大纪念馆

力量之源

　　1925年5月30日，上海发生了震惊中外的五卅惨案。然而，就在群众的爱国热情不断高涨的时候，在租界当局的压制下，上海各大报馆却一片沉寂。为了打破帝国主义的舆论封锁，6月4日，中共中央创办了《热血日报》，报纸由瞿秋白主编，这是中国共产党创办的第一份日报，也是党的历史上第一份公开出版的党报。但该报于6月27日被迫停刊，前后只出版了24期。在这短短的24天里，《热血日报》极大地鼓舞了上海市民的爱国热情，也向中国最广大的劳动人民昭示了共产党人的热血赤诚和工农群众的无穷力量。

《热血日报》

淞沪铁路

　　路过虹口区同心路宝山路，细心的市民会发现，路边小花坛里有一段铁路轨道，旁边竖立着一块"淞沪铁路天通庵站遗址"纪念性保护标志。淞沪铁路是中国第一条营运铁路，又称吴淞铁路，建于1896年，全长16公里，沿线设宝山路、天通庵、江湾等8个车站，中共四大会址也在铁路一旁。在1927年上海工人第三次武装起义以及两次淞沪抗战中，淞沪铁路天通庵站附近都爆发过激烈的战斗，是中国近代史上重要的战场遗址。

淞沪铁路天通庵站遗址

第 三 辑　　　力量之源

　　中共四大纪念馆积极打造具有自身场馆特色的文创品牌，结合中共四大在党史上的三大历史贡献——无产阶级领导权、党的组织建设和群众路线，不断擦亮"力量之源"红色品牌。

　　力量之源，来自党的坚强领导。中共四大第一次明确提出无产阶级领导权和工农联盟思想，制定了加强党对于工人、农民、青年和妇女运动领导的方针政策，推动党与最广泛的人民群众更加紧密地联系在了一起。

　　力量之源，来自人民，人民是我们党由小到大、由弱变强，取得政权、长期执政的坚强后盾。

中共四大纪念馆品牌标识"力量之源"

国旗广场

　　为庆祝中国共产党成立100周年，在对中共四大纪念馆改陈提升的同时，也对国旗广场进行了一番改造，打造了包括中国共产党精神谱系连廊、"虹"色足迹年轮大道、"从石库门到天安门"铜牌阵列等红色教育和"大思政课"教学场景，形成一片红色文化矩阵。另外，广场上的旗杆长度由原先的15米增加到19.25米，与中共四大1925年的召开年份相呼应。国旗广场已成为虹口区重大节日纪念日举行仪式教育的固定场所，也成为广大党员、干部、群众尤其是青少年开展爱国主义教育的活动高地。

中共四大纪念馆前的国旗广场

第四辑

力量之源

94

曾联松故居（虹口区委宣传部　提供）

国旗护卫队

少年之源

红色 100 故事选编

天安门国旗护卫队的战士是每年从总队上万名新兵中，经过三个月军事训练后严格挑选出来的。来到中队后，还需要强化训练四个月，考核过关后才能成为一名真正的国旗护卫队队员。

站功，是国旗哨兵的基本功，不少新兵刚入队时，站不了半个小时，就头晕眼花，昏倒在地。要达到站得直、站得稳、站得久的要求，平时训练一般要站三到四个小时。战士们腰间插上木制的工具，领口别上大头针，一站就是大半天；顶着大风练站稳，迎着太阳练不眨眼，甚至抓来蚂蚁放在脸上爬来爬去，练耐力、练毅力。

在上海中共一大会址举行的升旗仪式上，"一大广场国旗护卫队"护卫国旗入场
（中共一大会址纪念馆　提供）

开国大典的国旗是如何制作并选定的？

开国大典上的国旗是由时任国营永茂实业公司干部宋树信监制完成的。这面国旗长460厘米、宽338厘米，因为幅面太大，所以是由几块红绸拼接而成的，旗上的大五角星也是用黄缎拼接缝制的。

宋树信和女工们经过不懈努力，顺利制作好五星红旗。10月1日早上，宋树信将五星红旗包裹好，赶到典礼筹备处。筹备处的同志当场验收，十分满意。最终，第一届全国政协决定将这面五星红旗作为开国大典上升起的第一面五星红旗。

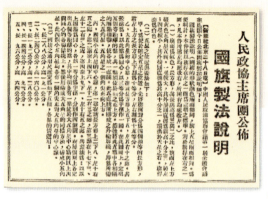

《人民政协主席团公布国旗制法说明》
（《人民日报》1949年9月29日）

38份国旗草图

1949年6月15日，新政治协商会议筹备会第一次开幕。筹备会第六小组负责国旗方案，马叙伦担任组长，叶剑英、沈雁冰担任副组长。

1949年7月4日，筹备会第六小组在北京召开第一次全体会议，决定登报公开征求国旗图案。并在7月14日至8月15日之间于各大报刊上发布国旗图案的征集启事。

1949年8月20日，国旗图案初选委员会一共收到了2992幅方案，最终精选出38份草图进入复选。

其中复字32号国旗图案就是后来当选为我国国旗的"红地五星旗"方案。

《新政治协商会议筹备会为征求国旗国徽图案及国歌词谱启事》
（《人民日报》1949年7月16日）

月球上的第一面"织物版"五星红旗

为春之源

红色 100 故事选编

2020年12月4日，嫦娥五号上升器3000N发动机工作约6分钟，成功将携带样品的上升器送到预定环月轨道。这是我国首次实现地外天体起飞。点火起飞前，着上组合体实现月面国旗展开以及上升器、着陆器的解锁分离。这是继嫦娥三号、四号任务后，五星红旗又一次展现在月球表面，同时也是五星红旗第一次月表动态展示。

为了使国旗平整展开，这面国旗设计为卷轴形式，采用国产高性能芳纶纤维材料，保证国旗能够耐受高度真空、高低温循环以及强计量紫外辐照等极端环境条件，做到不褪色、不串色、不变形。国旗仅重12克，一系列展旗步骤在1秒内就能完成。

月球上的第一面五星红旗

"嫦娥号"（王未蔚 绘）

天安门升旗仪式的"数字密码"

力量之源

红色100故事选编

138步，是36名国旗护卫队战士动作整齐如一，从金水桥走到国旗杆下的步数。

96步，是升降旗方队正步穿过长安街的步数。

2分07秒，是国旗升起的时间，和太阳从地平线出现直至完全从地平线升起的时间不差分秒。

一年365天，天安门广场上每天一定有一面五星红旗和太阳一同升起。

天安门国旗护卫队的战士是每年从总队上万名新兵中，经过三个月军事训练后严格挑选出来的。来到中队后，还需要强化训练四个月，练就"五功"——站功、走功、持枪功、眼功、展旗收旗功，考核过关后才能成为一名真正的国旗护卫队队员。

天安门及华表（视觉中国　提供）

第 四 辑

新政治协商会议的由来

红色 100 故事选编

随着解放战争走向全面胜利，成立中央人民政府的任务逐渐被提到议事日程。1949年6月15日，新政协筹备会第一次会议在北平中南海召开，134名代表参加了大会。

那么，为什么叫新政治协商会议？1945年在重庆开过一个政治协商会议，包括国民党在内的政治协商会议。开完以后，国民党就撕破了协议，就没有了。所以我们现在叫新政治协商会议。

新政协筹备会上高朋满座，群贤毕至。一向朴素的毛泽东，这一天也穿上了难得的盛装，一步入会场便赢得与会者的热烈掌声。

《庆祝中国人民政协成立　中央人民政府成立口号》
（《人民日报》1949 年 9 月 29 日）

国歌为什么是《义勇军进行曲》？

　　1949年9月25日，在中南海丰泽园召开的座谈会上，教育家马叙伦提出《义勇军进行曲》是一首传唱度极高的战歌，可用来暂代国歌，获得了一致赞同。

　　在座谈会上，有代表提出歌词中"中华民族到了最危险的时候"和当下的时代背景不符。周恩来表示，这样的歌词才能"鼓动情感，修改后，唱起来就不会有那种情感"。最后，毛泽东、周恩来和在场所有人一起合唱《义勇军进行曲》，座谈会在激昂的歌声中结束。

　　2004年3月14日，第十届全国人民代表大会第二次会议正式将《义勇军进行曲》作为国歌，写入宪法。

聂耳创作的《义勇军进行曲》手稿

曾联松与
国庆周年庆典

　　国旗设计者曾联松制作了两份国旗样稿，一份留在家中，一份寄往北平。该设计方案最初名为"红地五星旗"，经修订后成了现在的五星红旗。

　　1950 年10月1日，曾联松应邀登上天安门观礼台，出席国庆一周年庆典。观礼结束后，曾联松赋诗《入选吟》一首，表达了内心的喜悦和激动。

　　1950年10月31日，中央人民政府办公厅关于奖励国旗设计事宜致曾联松函。函中对曾联松设计国旗图案致以深切敬意，并赠送人民政协纪念刊一册、人民币五百万元（旧币），合新币500元。

《入选吟》（曾联松　作）

虹口——
首批金属质地
国徽的诞生地

1950年6月28日，中央人民政府委员会第八次会议通过了《中华人民共和国国徽图案及对设计图案的说明》。

1950年9月15日，中央人民政府委员会秘书长林伯渠致电上海市市长陈毅，要求上海在1950年国庆一周年到来之前，完成首批金属国徽的制作。

上海市政府将这个光荣而艰巨的任务交给了位于今虹口区北外滩公平路的陈福昌翻铜作。9月底，国徽赶制成功。最终赶制的国徽共有9枚，其中8枚为直径1米的铜质国徽，1枚为直径60厘米的铝质国徽。6枚大号铜质国徽被分送到各大行政区和上海市人民政府，其余2枚大号铜质国徽和1枚小号铝制国徽被带回北京。

中央人民政府政务院秘书厅来函致谢完成国徽制作任务的陈福昌翻铜作
（1950年10月2日）

《风云儿女》与《义勇军进行曲》

1930年3月起,田汉在今虹口区公平路唐山路附近居住。1930年7月至1931年4月,聂耳也居住在公平路的石库门建筑中。"左联"的革命文学活动、滨江码头上工人铿锵有力的劳动号子,成为《风云儿女》剧本及主题曲《义勇军进行曲》的创作源泉。

1934年秋末,田汉以满腔热情创作《风云儿女》剧本。1935年初,田汉完成《风云儿女》电影主题曲的歌词创作。聂耳找到了夏衍,主动承担起为《风云儿女》主题曲谱曲的任务。1935年4月,聂耳完成了《义勇军进行曲》初稿并进行了试唱。当时聂耳由上海东渡日本求学。之后,他将定稿由日本寄回上海。

导 演: 許幸之

主 演: 王人美、袁牧之、談 瑛

风云兒女

艺术片

《风云儿女》电影海报

三沙市首次国庆升旗仪式

功垂之海

红色 100 故事选编

2012年10月1日清晨，与首都北京直线距离2680公里的南海深处，一面鲜艳的五星红旗，在三沙市永兴岛伴随着庄严的国歌声徐徐升起！三沙市成立于2012年7月24日，是中国位置最南、面积最大、陆地面积最小及人口最少的地级市，这里岛礁遍布，是我国领土不可分割的一部分。这是三沙市成立以来举行的第一次国庆升旗仪式，三沙市军民齐聚市委、市政府楼前广场，共同祝福共和国的第63个生日。

6点52分，《中华人民共和国国歌》奏响，对着冉冉上升的国旗，驻岛解放军官兵集体行军礼，三沙市干部职工和自发赶来的渔民和解放军一起齐唱国歌。

中国三沙（视觉中国 提供）

三沙市首次国庆升旗仪式

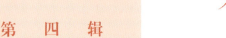

香港回归

第 四 辑

力量之源

红色 100 故事选编

　　中英双方经过两年多达22轮的谈判，最终在1984年12月19日正式签署了《中英联合声明》，决定从1997年7月1日起，中国在香港成立特别行政区，开始对香港岛、界限街以南的九龙半岛、新界等土地恢复行使主权和治权。香港回归前夜，中英防务交接仪式上，谭善爱中校声如洪钟地喊出一句震撼全世界的话："我代表中国人民解放军驻香港部队接管军营，你们可以下岗，我们上岗，祝你们一路平安！"7月1日零时，中英香港政权交接仪式上，中华人民共和国国旗和香港特别行政区区旗一起徐徐升起。

香港的城市天际线（视觉中国　提供）

第 四 辑　　　刘翔夺冠

力量之源

红色 **100** 故事选编

当我们看到体育健儿在赛场拼搏呐喊，中国在国际舞台上展现自己的影响力时，五星红旗时刻激励着每一个中国人不忘初心。

2006年刘翔在他生日前一天以12秒88打破了尘封13年之久的男子110米栏世界纪录，夺冠后，他激动地将背心脱下扔到一边，冲向看台接过了一面鲜艳的五星红旗。张开双臂，他将国旗化为羽翼绕场奔跑。其实在瑞士洛桑田径超级大奖赛之前，刘翔已经在国际田联的各站110米栏比赛中有过自己的问鼎记录，而奥运会则让世界各国看到了中国飞人的实力。

田径运动员（视觉中国　提供）

南极大陆上的第一面五星红旗

1984年11月20日，由591人组成的我国第一支南极考察队搭乘并不具备破冰能力的"向阳红10号"远洋考察船从上海启程。12月30日，中国人第一次将五星红旗插在南极大陆上。随后，中国科考队队员顶风冒雪，日夜奋战，仅用27天的时间就建成了我国第一个南极科考站，创造了南极考察史上的一个奇迹。

　　1985年2月20日，当地时间上午10时，长城站举行了隆重的落成典礼，在雄壮的国歌声中，这面鲜艳的五星红旗冉冉升起。后来，这面国旗被带回祖国，1985年5月16日，由国家海洋局南极考察办公室拨交中国国家博物馆收藏。

南极大陆上的第一面五星红旗

南极风光（视觉中国　提供）

珠穆朗玛峰上的第一面五星红旗

　　截至20世纪50年代，从未有人从在中国境内的北坡登上珠穆朗玛峰。直到1960年5月25日凌晨4点20分，成立时间不足5年、队员平均年龄24岁的中国登山队，艰难地将五星红旗插上珠穆朗玛峰，完成了人类历史上第一次从北坡登顶的壮举。

　　在每次成功登顶之后，中国的登山英雄最重要的一项仪式就是：将一面五星红旗——中华人民共和国国旗骄傲地展示在雪峰之巅。蓝天白云之下，皑皑雪峰之巅，鲜艳的五星红旗猎猎飘扬，这一刻，是华夏儿女最大的自豪。五星红旗就这样飘扬在世界之巅！

珠穆朗玛峰上的第一面五星红旗

珠穆朗玛峰（视觉中国　提供）

太空上的
五星红旗

　　2003年10月15日，我国第一艘载人飞船"神舟五号"成功升空。杨利伟从太空向世界各国人民问好，并在舱内并列展示了五星红旗。在距地面343公里的太空中，杨利伟展示了中国国旗和联合国旗帜，向世界各国人民问好。他在工作日志背面写下："为了人类的和平与进步，中国人来到太空了。"

　　当时，杨利伟用中英两种语言说："和平利用太空，造福全人类。"代表中国人民向全世界表达了和平开发宇宙空间的美好愿望。

《中国航天》（樊鑫雨　绘）

五星红旗首现联合国上空

少董之源

1971年11月1日9时许，五星红旗第一次在联合国总部纽约高高升起，象征着中华人民共和国在联合国的合法席位得到恢复。

由于当时的联合国没有中华人民共和国国旗，所以从10月25日联大决议通过次日起，用来悬挂中国国旗的不锈钢旗杆就十分醒目地空着。为了尽快升起中国国旗，联合国秘书处只好根据收集到的图样，请人就地赶制出一面五星红旗，在决议通过后的第七天，即11月1日，将这面临时制作的中国国旗缓缓升到了虚位以待的旗杆顶端。联合国总部上空终于第一次升起了中华人民共和国的五星红旗！

联合国大厦（视觉中国　提供）

新中国第一面
五星红旗的升起

按照开国大典的流程，在毛主席正式宣布新中国成立后就要立刻亲手升旗，但是天安门城楼到升旗处有几百米的距离。当时任电信机械修理厂厂长兼军代表的李岩提出：可以设计一个自动升旗装置，把开关放在天安门城楼上，毛主席一按电钮就能升起国旗。

1949年9月30日，22米高的铁制旗杆傲然矗立，电动升旗装置安装完毕。谁料在当晚预演时，设备出现故障，至10月1日凌晨才调试成功。为了以防万一，最终做了电动与人工的两手准备。在万无一失的保障下，1949年10月1日下午，在《义勇军进行曲》的雄壮旋律中，新中国第一面鲜艳的五星红旗冉冉升起！

开国大典上飘扬的五星红旗

第 四 辑 澳门回归

1999年12月20日，中葡两国政府在澳门文化中心举行澳门政权交接仪式，中国政府对澳门恢复行使主权，成为中华民族在实现祖国统一大业中的又一盛事。

中午12时整，伴随着海关钟声的最后一秒鸣响，中国人民解放军驻澳门部队跨越关闸分界线。3万多名澳门市民早早迎候在路边，车队所经之处，掌声、欢呼声与照相机的快门声交织，许多人不禁湿了眼眶。一位澳门市民在接受外国媒体采访时大声地说："我非常激动，这是我们的军队，我们自己的军队进澳门来了！"伶仃洋畔，欢歌笑语。神州大地，彻夜难眠。

澳门大三巴牌坊（视觉中国 提供）

北疆边境上的红色连线

2021年9月29日9时整，伴随着庄严的国歌声，240余面鲜艳的五星红旗同时在内蒙古自治区4200多公里边境一线和36万平方公里边境管理区冉冉升起。

　　"五星红旗见证，大红山作证，我们将像胡杨一样，扎根在祖国北疆，扎根在荒凉的沙漠，做边疆的守望者、群众的守护者。"从东部高山林海到中部的广袤草原，再到西部的荒凉沙漠，一面面五星红旗在壮美边疆高高飘扬。移民管理警察与各族干部、护边员、群众共唱国歌，表达对伟大祖国的美好祝福。

风景画（视觉中国　提供）

中国奥运史上的首枚金牌

　　1984年7月29日，在洛杉矶奥运会上，许海峰以566环的成绩夺得男子自选手枪射击比赛金牌，实现了中国在奥运史上金牌"零"的突破。奥运赛场上，第一次奏响中华人民共和国国歌。

　　从1952年五星红旗首次出现在奥运赛场，至1984年许海峰取得首金博得升旗，现代奥林匹克成长的年轮里，中国留下了一个又一个深刻的印记。相信在未来历史的书写中，中国代表团将继续为我们创造新的奇迹。加油，中国！

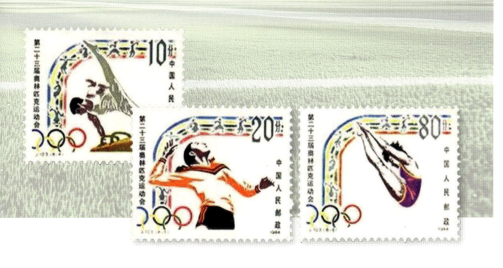

1984 年 7 月 28 日发行的《第二十三届奥林匹克运动会》纪念邮票

北京亚运会

少年之源

红色100故事选编

1990年9月22日，第11届亚运会在北京举行开幕式，这是中国首次承办综合性国际体育大赛。对于中国体育，如果说洛杉矶奥运会是以新人之态结交天下好友，那北京亚运会就是第一次以主人之姿欢迎四方来客。

吉祥物熊猫"盼盼"以国宝之名，寓意了盼望和平友谊，盼望迎来优异成绩，它寄托着国人将最好的一面展现给世界的心愿。天真可爱的"盼盼"，它不仅征服了国人，更携着鲜艳的五星红旗将友好、好客的盛情传递给世界，让更多人开始真正认识中国。

北京地标（视觉中国　提供）

中国国际进口博览会

力量之源

红色 100 故事选编

　　2018年11月5日至10日，首届中国国际进口博览会在上海召开。会场外，五星红旗与各国国旗相映飘扬，风采满目。迄今为止，这是世界上第一个以进口为主题的国家级展会，是国际贸易发展史上一大创举。172个国家、地区和国际组织参会，3600多家企业参展，展览总面积达30万平方米。

　　改革开放以来，中国人民依靠自己的辛勤和汗水书写了国家和民族发展的壮丽史诗。中国将顺应历史发展，把握时代潮流，坚定不移扩大开放，始终争做全球共同开放的重要推动者。

国家会展中心（视觉中国　提供）

勿忘之源

红色 100 故事选编

　　2018年8月，马里总统大选，当地安全形势空前紧张。在这期间，3名联合国雇员被恐怖分子开枪打伤，生命一度垂危，送至中国维和部队医院抢救。由于血源不足，中国第六批赴马里维和警卫分队快反中队奉命到机场拿取送过来的鲜血。

　　但是，刚刚出发不久，便遭遇两辆武装皮卡拦截。队员们一下车，黑洞洞的枪口就对准了他们。队员们冷静地指着车上的五星红旗表明身份，武装分子检查完车辆后便示意放行。随后一路畅通无阻，取血任务顺利完成。"五星红旗就是中国公民的'通行证'。因为在我们身后，有一个强大的祖国！"

《红色通行证》（周静好　制）

女排精神

　　1981年11月16日，中国女排在第三届世界杯女子排球赛的决赛中，以3:2战胜日本队，首次夺得世界冠军。五星红旗因此在赛场上徐徐飘扬，无数中国人在收音机和黑白电视机前流下了激动的泪水。此时，中国的国门刚刚打开，整个国家正在凝聚力量，准备开创一个崭新的时代。中国女排随后连续在1982年女排世锦赛、1984年奥运会、1985年世界杯、1986年世锦赛上夺得冠军，成为世界上第一支五连冠的球队。女排精神被纳入第一批中国共产党人精神谱系的伟大精神之一，成为奋勇拼搏、迎难而上的时代精神象征。

1981年12月发行的《中国女排获第三届世界杯冠军》纪念邮票

中国乒乓的黄金传说

力量之源

红色 100 故事选编

　　1959年,第25届世界乒乓球锦标赛中,容国团勇夺男子单打冠军,中国第一枚乒乓球的世界金牌诞生。从此,该项目风靡全国,成为中国"国球"。自1988年汉城奥运会开始,每一届奥运会中国乒乓都有金牌收入囊中。1996年,邓亚萍成为中国乒乓的第一位大满贯得主。随后四年里,刘国梁和孔令辉也依次完成大满贯,成为当时的国乒"双子星"。2008年北京奥运会,三面五星红旗迎风飘扬,马琳、王皓和王励勤包揽了金银铜三块奖牌,中国乒乓球队达到称霸地位。随后,新的"铁三角"崭露头角,将中国乒乓球队的辉煌继续发扬。

《中国乒乓球队荣获七项世界冠军纪念》邮票

水稻人生

袁隆平，"杂交水稻之父"。他一生致力于杂交水稻技术的研究、应用与推广，发明"三系法"籼型杂交水稻，成功研究出"两系法"杂交水稻，创建了超级杂交稻技术体系，为我国粮食安全、农业科学发展和世界粮食供给做出杰出贡献。

2021年5月24日10时，袁隆平院士遗体送别仪式在湖南长沙举行。先生的遗体安卧在鲜花翠柏丛中，身上覆盖着鲜红的中华人民共和国国旗，众人肃立默哀。"人就像种子，要做一粒好种子。"禾下乘凉梦，十里稻花香。从此，每一缕升起的炊烟，便是世人对先生的怀念。

稻田

红地五星旗内的
镰刀锤子
去哪里了?

　　1949年9月21日,中国人民政治协商会议第一届全体会议在北平中南海怀仁堂召开。当晚,方案组对讨论情况进行了汇总并召开了第六次全体会议。在这次会议中,曾联松"复字32号"方案受到关注。为避免与苏联国旗相似,方案组再三斟酌后删去大五角星里的镰刀锤子图案,形成修订后的"复字32号"方案。

　　9月27日,全国政协第一届全体会议通过《关于中华人民共和国国都纪年国歌国旗的决议》,确定中华人民共和国的国旗为红地五星旗,象征中国革命人民大团结。1954年宪法正式表述为"五星红旗"。

红地五星旗内的镰刀锤子去哪里了？

中华人民共和国国旗设计原稿

2022冬奥

2022年北京冬奥会的短道速滑混合团体接力颁奖仪式在法、英、中三种语言的欢迎词中正式开始。"获得金牌和奥运冠军的是，中国队！""女士们，先生们，奏中华人民共和国国歌！" 全场瞬间沸腾了！在场的所有人忍不住激动地呐喊，为中国队喝彩！随着国歌响起，全场肃立，以"鸟巢"和火炬台为背景，鲜艳的五星红旗在铿锵有力的《义勇军进行曲》中冉冉升到了旗杆的顶端。"祖国万岁，中国必胜！"首次举办冬奥会的中国在举办第一天的颁奖仪式时，就升起了中国国旗，唱响了中国国歌，这个激动人心的时刻，值得每一个中国人用一生去铭记！

国家速滑馆与奥运塔（视觉中国　提供）

第 四 辑　中国速度

少年之源

红色 100 故事选编

2015年11月25日，一列特殊的高铁从中国——中东欧国家领导人会晤地出发，沿着京沪高速铁路前往上海。这趟列车的独特之处在于，除了平时能看到的"和谐号"字样，车厢外还印有五星红旗和中东欧16国国旗，并附有"16+1>17"的字样，寓意着中国和中东欧合作快速向前发展。

中国高铁经过几代铁路人的接续奋斗，实现了从无到有、从追赶到并跑、再到领跑的历史性变化。不断领跑的中国高铁，折射了奋进中国的姿态。从科技创新中来，向民族复兴奔去。

中国高铁（视觉中国 提供）

第 四 辑

北斗精神

心画之源

红色 100 故事选编

2020年7月31日，北斗三号全球卫星导航系统正式开通，这是由中国自主建设运行的全球卫星导航系统。此时此刻，中国航天又站在了一个新的起点之上。

没有惊天动地的豪言壮语，没有聚光灯下的鲜花掌声，北京卫星导航中心北斗地面运控团队的成员们一次次攻坚克难，保证了北斗系统的稳定运行。近三十年的接续奋斗，是什么信念让他们不断创造奇迹？答案写在北斗三号地面运控系统副总指挥刘勇的日记本扉页上："时代在变，攻关人员面孔在变，可北斗精神从未改变。"

北斗系统（视觉中国　提供）

第 四 辑　　　魂归故里

1950年至1953年的抗美援朝战争中，19万多名中华儿女为了祖国、为了人民、为了和平，献出宝贵生命。离家还是少年之身，归来已是报国之躯。

2014年3月28日，首批烈士遗骸灵柩抵达沈阳抗美援朝烈士陵园。礼兵护送覆盖着五星红旗的437具志愿军烈士遗骸棺椁进至棺椁摆放区。当时，许多志愿军老兵和烈士家属早早地就守在陵园门口。"当载着棺椁的大巴车驶近时，一位阿姨边哭边喊：'爸爸，爸爸，你回家了！今天你终于回家了！'"每次回忆至这一幕，陵园工作人员王春婕都会眼泪汪汪。

146

关于抗美援朝的新闻报道（《人民日报》1951年5月1日）

第四辑

电子竞技与五星红旗

一

2017年11月，国际奥委会官方宣布接纳电子竞技比赛为奥运会的正式比赛项目。2018年8月29日，在雅加达亚运会电子竞技表演赛《英雄联盟》项目决赛中，中国队以3:1的战绩击败韩国队，获得冠军。

中国队夺得的这枚金牌，意味着对韩国在《英雄联盟》中优势地位的进一步撼动，欢呼声、尖叫声、呐喊声响彻夜空。这成了中国电竞历史上的一座里程碑，它的奠基由平均年龄为20岁左右的青年们一起完成！那个夜晚，他们代表中国身披五星红旗立于领奖台之上，在万众瞩目中看着国旗缓缓升起。"中国电竞，未来可期！"

电子竞技插画（视觉中国　提供）

第 四 辑　　福建舰

《福建

　　2022年6月17日，经中央军委批准，中国第三艘航空母舰命名为"中国人民解放军海军福建舰"，舷号为"18"。福建舰，是由中国完全自主设计建造的第一艘弹射型航空母舰，采用平直通长飞行甲板，配置电磁弹射和阻拦装置，满载排水量8万余吨。当天上午11点，下水命名仪式开始，全场高唱中华人民共和国国歌，五星红旗冉冉升起。仪式上还进行了掷瓶礼，香槟酒酒瓶碰击舰艏碎裂后，两舷喷射绚丽彩带，舰船鸣响汽笛，船坞坞门打开，航空母舰缓缓移出船坞。

中国美术馆"中国白·德化瓷"展览展出的作品《福建舰》（视觉中国 提供）

上衣口袋中的燃燃军魂

国庆70周年阅兵的受阅方队中，有一支"铁军旅"，这些战士们曾执行过救灾维和等重要任务。2008年，武文斌在汶川地震救灾中英勇牺牲，牺牲前他和其他军人一样对阅兵充满向往。33岁的翟向选是烈士武文斌的战友，他说他们之间曾经有过一个约定—— 要一起受阅走过天安门。这次阅兵前，翟向选将战友生前的照片，裁到最小尺寸装进了上衣口袋。通过这特殊的方式，带着武文斌走上了阅兵场，在国旗下接受检阅。阅兵结束后，翟向选从上衣口袋里拿出照片，擦拭着汗水与泪水激动地说："武文斌，我们一起受阅走过天安门的约定实现了。"

地震救灾插画（视觉中国　提供）

无人机上的
一抹红

2020年2月，第二届扎耶德国际机器人挑战赛于阿联酋展开，大赛汇集了国际无人系统和人工智能领域的顶级专家。作为唯一一支代表中国的参赛队伍，来自北京理工大学宇航学院的"飞鹰"队，与来自世界顶尖研究机构和院校的近30支队伍同场竞技。

在第一项无人机自主控制挑战赛中，贴着鲜红色五星红旗的无人机高高飞起。其自动化智能系统在最短的时间内实现了多机协作，对指定目标精准爆破，并完美地完成了全部比赛任务。最终，中国"飞鹰"队以满分表现战胜了多所世界名校，夺得第一项无人机自主控制挑战赛冠军。

北京理工大学（视觉中国 提供）

在孤岛升起的国旗

32年，在这近乎长达半个人生的时光中，守岛夫妇王继才、王仕花的选择始终如一。开山岛（位于江苏省连云港市境内）是个小岛，悬崖峭壁，山势险峻，生存环境非常恶劣，常常遭遇风暴侵袭，但夫妇二人却以此为家。王仕花说，"岛上没有铺金盖银，但岛上插的是国旗，我们天天守的就是国土"。他们两个人，一人升旗，一人敬礼，32年来日日如此，雷打不动。

两人一齐守护着这座孤岛，一起劳动，一起巡逻，甚至多次遇到生命危险。从1986年上岛，至2018年病故，王继才为海防安全无私奉献了一生。王仕花则选择继续守岛，完成丈夫未了的心愿，让国旗如过去的每一天一样天天升起。

灯塔（视觉中国　提供）

"一带一路"上的五星红旗

少量之源

红色 100 故事选编

2013年,习近平总书记提出共建"一带一路"的合作倡议,旨在通过加强国际合作,对接发展战略,实现优势互补,促进共同发展。2018年春节前夕,"越南289项目"的现场依然热火朝天,团队中很多人都自愿选择放弃了与家人新年团圆机会,选择在越南度过他们第一个海外春节。其中,项目综合办主任周正恰逢婚期,他赶回家结完婚后便匆匆返回越南。在返程前,周正还特地绕道公司总部,取了一面国旗和一面党旗背到越南。他说:"挂着五星红旗的地方就是我们的家"。

"一带一路"（王未蔚　绘）

白公馆里的"五星红旗"

勿 忘 之 源

—

　　罗广斌生于成都，受进步思想影响，逐渐走上革命道路。1948年9月10日，罗广斌被捕，先后被关押于渣滓洞和白公馆。1949年10月7日，中华人民共和国成立的消息传进监狱。罗广斌提议做一面五星红旗，但只从报纸上得知，红旗上有五颗星，却不知如何排列，就猜测应该是围成一圈。他用自己被捕时带进监狱的红色被面，再将黄草纸撕成五角星的样子，用米粒黏在被面上，凭着想象将这面"五星红旗"制作出来。如今，这面特殊的"五星红旗"被收藏于中国国家博物馆。

白公馆里的"五星红旗"

第 四 辑　　《国旗法》的诞生

勿忘之源

红色 100 故事选编

国旗是国家的象征，是一个主权独立国家的主要标志之一，每个国家都有着和其他国家相区别的国旗。世界各国国旗的式样、颜色、图案和使用方法由各国宪法或专门的法律规定。虽然我国历次宪法对国旗都有专门规定，但对国旗的悬挂或使用、国旗图案的具体布局等事项，一直没有具体法律规定。1990年6月28日，第七届全国人民代表大会常务委员会第十四次会议审议通过了《中华人民共和国国旗法》，并于当年10月1日起正式施行。这是新中国成立以来我国颁布的第一部《国旗法》。《国旗法》的颁布更好地增强了公民的爱国主义精神，振奋中华民族的自信心和自豪感。

人民大会堂万人大礼堂（视觉中国　提供）

《国旗法》的诞生

后 记

2020年，在中共四大召开95周年之际，为了让大家了解中共四大的召开背景、主要成果及历史贡献，深刻认识红色政权来之不易、新中国来之不易、中国特色社会主义来之不易，同时也是为服务好"四史"学习教育，搭建红色场馆与公众交流、互动的平台，用好用活丰富的红色、海派、江南文化资源，中共四大纪念馆启动"力量之源·红色100"沪语视频项目。

为让沪语在新时代传递核心价值观，讲好红色故事、初心故事、中国故事，打响上海文化品牌，中共四大纪念馆打造了系列短视频，以沪语讲述的方式为观众呈现100个红色小故事，做好红色文化和海派文化的坚定传承者、生动诠释者和精彩讲述者。

为了打造"力量之源·红色100"高质量的视频作品，我馆全体工作人员齐心协力，共同策划与创作，连保安队长、清洁阿姨都出镜客串。历经春夏秋冬四季的更迭，历经四年的辛勤付出与不懈努力，我们终于将这些既富有趣味性又蕴含丰富知识的视频作品呈现在大家面前。这些视频不仅是我们团队智慧的结晶，更是我们对观众的一份诚挚献礼。

2023年，"力量之源·红色100"——中共四大纪念馆系列红色故事视频入选全国以革命文物为主题的"大思政课"优质资源精品项目（新媒体产品类）。《力量之源——神秘的"英文补习班"》成功入选全国党史和文献部门短视频展播。这一系列的荣誉，无疑是对我们工作的高度认可与极大鼓舞。我们将以此为契机，继续坚守初心，砥砺前行，将更多的红色故事传递给广大观众，让革命精神在新时代焕发出更加璀璨的光芒。风好正是扬帆时，奋楫逐浪向未来。我们将不负韶华、赓续荣光，继续以"力量之源·红色100"项目为依托，深入研究、创新、跨界，向本地居民用沪语讲党史，把红色故事带给更多年轻人。中共四大纪念馆还将与中文国际联手打造对外宣传品牌"四大talk"，让外国留学生和青少年讲述他们眼中的中国、心中的上海，通过海外媒体，让更多国内外观众感受新时代背景下中国的奋进发展、历史文脉、城市精神。

本书的顺利出版，得益于中共虹口区委宣传部的大力扶持和深切关怀，以及诸多专家学者们的宝贵指导与建设性建议，在此我们向他们一并表达衷心的感激之情。同时，也要对学林出版社编辑的辛勤付出与不懈努力表示由衷的感谢，正是他们的专业与执着，使得本书能够顺利问世，为广大读者带来知识与启迪。

由于时间紧迫，本书在编写过程中难免存在疏漏和不足之处，我们深感抱歉。恳请各位读者在阅读过程中，不吝赐教，提出宝贵的意见和建议，以便我们及时修正并改进。

编者

2024年12月

第四辑

《国旗法》的诞生

图书在版编目（CIP）数据

力量之源 : 红色100故事选编 / 中国共产党第四次
全国代表大会纪念馆编 . -- 上海 : 学林出版社, 2025.
ISBN 978-7-5486-2062-4

Ⅰ . I247.81

中国国家版本馆CIP数据核字第2025T84E63号

责任编辑　祖　健　陈天慧
装帧设计　姜　明
技术编辑　徐雅清　刘孝宁

力量之源·红色100故事选编

中国共产党第四次全国代表大会纪念馆　编

出　　版	学林出版社	
	（201101　上海市闵行区号景路159弄C座）	
发　　行	上海人民出版社发行中心	
	（201101　上海市闵行区号景路159弄C座）	
制　　版	上海商务数码图像技术有限公司	
印　　刷	上海丽佳制版印刷有限公司	
开　　本	720×1000　1/16	
印　　张	10.25	
字　　数	18.5万	
版　　次	2025年1月第1版	
印　　次	2025年3月第2次印刷	
ISBN	978-7-5486-2062-4/D·108	
定　　价	60.00 元